AF399762

Analyse de l'œuvre

Par Delphine Leloup
et Alice Somssich

Adolphe

de Benjamin Constant

lePetitLittéraire.fr

Rendez-vous sur lepetitlitteraire.fr et découvrez :

Plus de 1200 analyses
Claires et synthétiques
Téléchargeables en 30 secondes
À imprimer chez soi

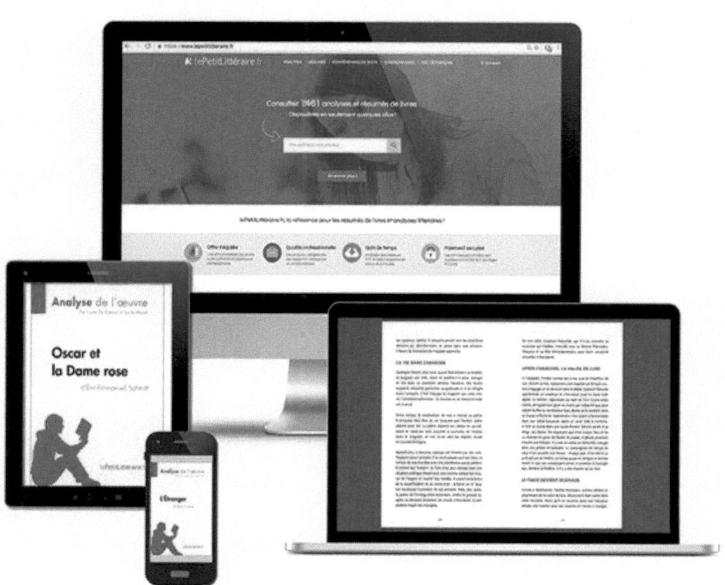

BENJAMIN CONSTANT

ROMANCIER ET HOMME POLITIQUE FRANÇAIS

- **Né en 1767 à Lausanne**
- **Décédé en 1830 à Paris**
- **Quelques-unes de ses œuvres :**
  - *Le Cahier rouge* (1807), roman
  - *De la liberté des Anciens comparée à celle des Modernes* (1819), discours
  - *De la religion considérée dans sa source, ses formes et ses développements* (1824-1830), traité

Benjamin Constant provient d'une famille d'aristocrates protestants. Sa vie commence dans le deuil puisque sa mère meurt en lui donnant le jour. Il est livré, dès son plus jeune âge, à divers précepteurs et fait très tôt preuve d'une grande maturité intellectuelle : il compose ses premiers poèmes et termine l'écriture d'un roman à 12 ans.

Il passe son enfance à voyager entre la Belgique, la Suisse, l'Angleterre, l'Allemagne et la France.

Plus tard, il côtoie différents salons et tous ses compagnons saluent volontiers son éloquence et son ironie. Entre deux voyages, il publie *Adolphe*, en 1816, et accepte un poste pour la revue *Mercure de France* durant un an. Il quitte ensuite le monde des lettres pour se lancer dans la politique, en grand défenseur de la liberté.

ADOLPHE

UNE ŒUVRE ROMANTIQUE

- **Genre :** roman
- **Édition de référence :** *Adolphe*, Paris, Le Livre de Poche, coll. « Les Classiques de Poche », 2012, 224 p.
- **1re édition :** 1816
- **Thématiques :** romantisme, amour, passion, souffrance, désillusion

Pourtant publié dans le premier quart du XIXe siècle, *Adolphe* n'obtient un succès et une renommée que bien plus tard. Le roman conte l'histoire d'un jeune homme brillant qui, en dépit de son talent, n'est animé d'aucune passion. Son ennui le pousse à idolâtrer l'amour et à voir en lui un moyen d'échapper à sa solitude.

Il rencontre Ellénore, mère de famille et déjà liée à un autre homme. À partir de ce moment, il ne rêve plus que d'elle au point d'en oublier tout le reste. Une fois cette idylle consommée, la vie du jeune homme sombre de nouveau dans la monotonie quand il s'aperçoit qu'il n'aime plus sa maitresse, tandis que celle-ci tente de l'accaparer de plus en plus. Ce roman marque le début du courant romantique.

RÉSUMÉ

Adolphe se présente au lecteur dès le premier chapitre et tente de définir la relation qu'il entretient avec son père. Celle-ci est quelque peu chaotique en raison de la timidité du père et de la froideur du fils. Le narrateur avoue avoir un caractère difficile et instable. Il explique cette faiblesse par une peur de la mort, un sentiment qui est né chez lui alors qu'il n'avait que 17 ans, lors du décès d'une vieille amie.

Il raconte qu'il s'est jadis rendu dans un royaume lointain (la ville de D. en Allemagne) où il a été invité à la Cour et a côtoyé de nombreux courtisans. Mais il s'est rapidement mis à fuir cette société – insipide selon lui –, à la critiquer et à décrier ses idées reçues au point de se faire craindre d'elle.

Tandis qu'un ami lui raconte comment il a conquis l'élue de son cœur, Adolphe sent la nécessité de partir à son tour en quête du grand amour. Les idées que se fait le jeune homme de l'amour lui viennent de son père, qui n'hésitait pas à avoir des relations assez frivoles avec les femmes. Celui-ci considérait que les relations sont sans conséquence tant qu'elles ne se soldent pas par un mariage.

Malheureusement pour Adolphe, personne ne retient son attention. Par la suite, il est invité chez le comte de P., l'un de ses amis, qui lui présente sa maitresse, Ellénore, une belle dame issue d'une famille fort appréciée en Pologne. Le jeune Adolphe tombe immédiatement sous son charme et croit comprendre qu'elle ressent la même attirance pour lui. Il tente de l'approcher et entreprend de la mettre au courant de ses sentiments par le biais d'une lettre. Apprenant ainsi l'amour du jeune homme, la dame s'évertue à le fuir et part à la campagne. Afin d'obtenir une audience d'Ellénore, Adolphe menace de mettre fin à ses jours. Elle accepte de le recevoir et c'est ainsi que commence leur relation.

Le lendemain, le jeune homme se rend de nouveau chez son hôtesse et la supplie presque de l'aimer. Celle-ci, envahie d'émotion et de crainte, lui fait promettre de taire ses sentiments, sans quoi elle refusera de le recevoir chez elle puisqu'elle est la femme d'un autre homme. En

dépit de ces recommandations, le garçon conti-
nue à lui rendre visite très régulièrement.

Au fil du temps, Ellénore nourrit de plus en plus
de sentiments amoureux pour son jeune admirateur et le lui avoue. Tous deux sont troublés
et bouleversés par cette passion qui nait entre
eux : ils souffrent de ne pas pouvoir révéler pu-
bliquement la tendresse qui les habite. Après de
douces déclarations, ils scellent leur amour. Dès
ce moment, Adolphe commence à ressentir des
sentiments qui lui étaient jusqu'alors inconnus,
comme l'envie, la jalousie, etc.

Rapidement, l'affection d'Ellénore et ses
transports privent le jeune homme de relations
sociales et le détournent du monde. Le comte
de P. finit par se rendre compte de la liaison
qu'entretient sa femme et cette situation met le
couple illégitime dans l'embarras. Ellénore quitte
alors le comte de P. pour pouvoir vivre son nouvel
amour au grand jour. Elle perd, par là même, la
garde de ses enfants. Sa trahison est fort décriée
par la bonne société au point que les dames la
fuient et que les hommes s'intéressent à elle
dans le seul but de s'attirer ses faveurs (allant
jusqu'à se battre pour elle).

Bientôt, Adolphe doit se résoudre à abandonner sa maitresse pendant quelque temps (à la suite d'une lettre de son père), maitresse dont il n'est déjà plus aussi amoureux. Il sent que cette relation, si elle lui apporte du bonheur, l'emprisonne surtout dans une vie qu'il n'a pas spécialement choisie. Éclate alors entre les deux amants une dispute qui sera une première entrave à leur amour.

Ellénore ne tarde cependant pas à programmer un voyage pour retrouver Adolphe, parti afin de lui échapper. La rumeur de son arrivée en ville parvient aux oreilles du père du jeune garçon qui souhaite vivement précipiter le départ de l'inopportune « fiancée ». Apprenant les intentions de son père, Adolphe s'enfuit avec Ellénore et espère secrètement que son amitié pour elle se changera en amour avec le temps.

Bannis, ils trouvent ensemble un appartement près de la frontière de l'Allemagne. Ils y vivent pendant 5 mois. Là, Adolphe tente d'avouer à son amante qu'il n'est plus amoureux d'elle, mais, sachant l'effet que cette nouvelle provoquerait chez elle, il ne peut s'y résoudre. Ils entament à deux un voyage pour la Pologne, étant donné qu'Ellénore hérite de la fortune de son père décédé récemment.

Arrivée à destination, Ellénore, qui doit gérer les affaires de son illustre famille, délaisse Adolphe, qui se retrouve alors seul et triste. Son père le recommande par lettre au baron de T., un homme de bon conseil qui l'encourage à se séparer d'elle. Après réflexion, Adolphe se rend compte que c'est bel et bien sa maitresse qui le prive de tous les succès qu'il aurait pu connaitre. Il refuse toutefois de la quitter tant qu'elle ne sera pas dans une situation confortable qui lui évitera de souffrir de la perte de son amant.

Ellénore est néanmoins prête à tout pour lui : elle est prête à renoncer à l'argent, aux relations, aux honneurs de son rang pour pouvoir clamer au grand jour son amour pour Adolphe, au grand dam de ce dernier. Il en arrive à rêver d'une femme qui serait faite pour lui, qui le laisserait libre et heureux et qui serait acceptée par son père. Il n'éprouve alors plus qu'une profonde pitié pour son amie et est excédé par ses inquiétudes.

Ennuyée par la froideur d'Adolphe, Ellénore le confie à l'une de ses amies qui questionne alors

Adolphe sur ses sentiments. Celui-ci finit par avouer que l'amour a laissé place à l'amitié. L'amie en question prend le parti d'Adolphe et essaye de faire entendre raison à Ellénore qui reste sourde face à ses discours. Cet aveu jette un froid entre les amants et déchaine les colères de la dame qui décide de se venger en recherchant la présence d'hommes.

Le baron de T. invite le jeune homme à se joindre au cercle de ses amis. Celui-ci passe une agréable soirée parmi cette société et se sent vivre pour la première fois depuis longtemps. Ils sont ensuite amenés à parler d'Ellénore. Adolphe décide alors de la quitter. Il demande au baron de T. de communiquer, par courrier, ses intentions à son père.

Mais la lettre finit entre les mains d'Ellénore qui est alors victime d'un profond malaise. Elle développe une fièvre qui lui fait perdre la raison. Son agonie dure plusieurs jours et elle finit par mourir dans les bras de son ami. Peu de temps après, il découvre un billet qu'elle lui avait écrit en de plus beaux jours. Dans celui-ci, elle lui annonçait, comme un présage, qu'elle savait qu'elle finirait par mourir de chagrin en le voyant se désintéresser d'elle.

ÉTUDE DES PERSONNAGES

ADOLPHE

Âgé de 24 ans au début de l'histoire, Adolphe se sent en marge de la société de son temps. Il critique en effet vivement celle-ci : il s'oppose à ce que tous considèrent comme des finesses de la bonne société, qui ne sont pour lui que des hypocrisies. Sa relation avec les femmes est tout aussi marginale : il est malgré lui héritier des visions de l'amour de son père, à savoir un amour libre et frivole.

Au début du roman, Adolphe parle d'une rencontre qui va changer sa vie ainsi que sa conception des choses. Il fait la connaissance d'une vieille dame qui lui fait découvrir une nouvelle vision de la société, propre aux romantiques, prenant de la distance face aux conventions que le jeune homme a en horreur. Ceux-ci se lanceront dans une correspondance pendant laquelle ils s'exprimeront sur la société, la mort et de nombreux autres thèmes. Le décès de cette confidente au début de l'histoire constitue, pour Adolphe, un véritable traumatisme.

Le jeune homme se lance ensuite dans une nouvelle quête, celle de l'amour. Si le héros semblait froid dans sa réticence face à la société qui l'entoure, il n'en reste pas moins un personnage sensible, émerveillé devant les opportunités que peut lui accorder la vie (à l'instar des héros romantiques qui mettent en avant leur soif de découvrir le monde et les sentiments qui les transcendent).

Lorsqu'il rencontre Ellénore (une femme ayant le double de son âge), il tombe rapidement amoureux d'elle et n'hésite pas à la menacer pour avoir une audience auprès d'elle afin de lui déclamer ses sentiments. Leur relation évoluera de manière descendante. Au début, Adolphe se rend compte qu'il aime Ellénore parce qu'il sait que leur amour est voué à être éphémère (puisque celle-ci est mariée).

Cependant, la jeune femme ne l'entend pas de la même manière. Ce qui était censé être une idylle passagère devient rapidement une prison dorée pour Adolphe. Quand le jeune homme recherche la liberté (voulant se faire des relations et se retrancher dans le destin bourgeois que son père lui a choisi), Ellénore, elle, quitte son mari et perd la garde de ses enfants pour se consacrer entièrement à son amour pour son amant. Ce dernier se sentira, durant toute leur histoire, redevable de ce sacrifice, ce qui l'empêchera alors de quitter Ellénore.

Plus ses sentiments pour elle diminuent, plus sa culpabilité grandit et le pousse à se sacrifier pour elle. Il essaye pourtant de se détacher d'elle : il la presse à accepter un héritage, prend congé d'elle par des voyages, avoue le changement de ses sentiments à une amie d'Ellénore, etc. Mais rien n'y fait.

Leur histoire se terminera par la mort d'Ellénore après avoir appris de la part du baron de T., un ami du père d'Adolphe, que le jeune homme comptait la quitter, dressant ainsi une pierre de plus sur l'autel de la culpabilité du héros.

ELLÉNORE

D'abord maitresse du comte de P., Ellénore devient par la suite celle d'Adolphe. Elle est âgée d'une quarantaine d'années et est décrite comme étant très belle, bien que gagnée par l'âge. Elle est de noble extraction et son comportement digne et respectueux rend honneur à la famille dont elle est issue, une famille par ailleurs très appréciée en Pologne.

Elle est catholique et elle élève de façon stricte les enfants qu'elle a eus de son concubin. Elle est agitée, fougueuse et piquante, contrairement à ce que supposerait son rang. Polyglotte, elle aime les débats et la conversation. D'âge avancé, elle est plus mature et plus réfléchie qu'Adolphe. En adulte, elle est déterminée et quitte tout pour obtenir l'amour du garçon, qu'elle juge merveilleux. Mais son amour ne lui sera pas rendu et elle connaitra un destin tragique, à l'instar des grands héros romantiques.

LE BARON DE T.

Adolphe rencontre le baron de T. sous la recommandation de son père alors qu'il se rend en Pologne avec Ellénore. Très vite, cet homme tente de se rapprocher de lui, de devenir son confident et se permet de lui prodiguer des conseils. À ses yeux, Adolphe, à peine âgé de 24 ans, galvaude le bel avenir qui lui est promis pour une aventure qui finira par le mener à sa perte.

Le baron de T. n'est pas un personnage principal et il n'apparait que tardivement dans le roman, mais il est néanmoins celui qui précipite la fin d'Ellénore en lui écrivant les intentions de son jeune amant.

LE PÈRE D'ADOLPHE

Si le père d'Adolphe est un personnage peu présent dans l'intrigue principale, il reste néanmoins important dans l'histoire. Il constitue une sorte de conscience pour le jeune Adolphe. Il correspond parfois avec son fils et tente de lui faire entendre raison : Adolphe ne retirera rien de bon de sa liaison avec Ellénore. Il se présente comme une voix pressante qui tente de pousser le jeune homme à la rupture et que ce dernier ne cesse de repousser par la demande de délais supplémentaires.

LE COMTE DE P.

Le comte de P. est une personne haut placée

et, qui plus est, un ami du père d'Adolphe. Il est à l'origine de la rupture effective d'Adolphe et Ellénore. C'est en effet lui qui a convaincu Adolphe qu'il n'était pas heureux avec Ellénore et qu'elle l'empêchait d'accéder aux privilèges que lui offrait sa naissance. Il ne s'arrête néanmoins pas là et envoie à Ellénore une lettre dans laquelle Adolphe promettait de la quitter parce qu'il disait ne plus éprouver de sentiments pour elle (lettre qui était à la base destinée au père du jeune homme). Suite à cela, la jeune femme se laisse mourir de chagrin.

CLÉS DE LECTURE

BENJAMIN CONSTANT, À L'ASSAUT DU ROMANTISME

Le courant romantique voit le jour à la fin du XVIIIe siècle dans certaines contrées de l'Europe comme l'Angleterre et l'Allemagne où il est désigné par l'appellation *Sturm und Drang* signifiant « Tempête et Passion ». Il ne connait de popularité en France qu'au début du XIXe siècle. Il est représenté par de grandes figures européennes comme Goethe (écrivain allemand, 1749-1832), Constant, Chateaubriand (écrivain et homme politique français, 1768-1848), Byron (poète britannique, 1788-1824), Lamartine (poète et homme politique français, 1790-1869), Hugo (écrivain français, 1802-1885), Musset (écrivain français, 1810-1857), etc.

Caractéristiques du romantisme

Le mal du siècle

Le mal du siècle ravit les espérances de l'écrivain.

En Europe, l'enfance de la plupart des écrivains romantiques est bercée par les évènements héroïques qui se sont déroulés durant le règne napoléonien dès 1800.

Cependant, une fois cette glorieuse période de conquêtes terminée, les érudits ne parviennent plus à trouver dans la société le moyen d'exprimer leur aspiration à l'héroïsme et à la grandeur qu'ils avaient jadis connus. De plus, la Révolution française de 1789 fait naitre en eux l'espoir d'un monde meilleur, plus équitable et moins fondé sur les clivages sociaux. Malheureusement pour ces érudits, un tel monde ne voit jamais le jour, puisque les régimes politiques qui se succèdent ne tiennent pas leurs promesses. Cet échec les plonge dans une profonde mélancolie, appelée le mal du siècle.

L'exaltation du moi

Le mal du siècle provoque chez les auteurs un vif désir d'intériorisation et de remise en question. L'écrivain romantique se construit dès lors une posture de toutes pièces. Il fait de sa tristesse un signe d'élection et se considère comme une victime ou un martyr de la société. Lui qui souhaitait être perçu comme un nouveau héros défendant la collectivité se tourne, par dépit, vers lui-même.

Durant cette période de repli, les écrivains brossent une grande quantité d'autoportraits et fréquentent davantage les salons littéraires, en quête d'inspiration et de reconnaissance.

La mise en exergue des sentiments

L'intériorisation de l'écrivain romantique conduit à la mise en évidence de ses sentiments : il observe et prend conscience de l'ensemble des émotions qui le traversent, en particulier celles de la passion, du désespoir et du désenchantement, autant d'éléments caractéristiques du mal du siècle.

L'importance de la nature

La nature occupe une grande place dans la poésie de l'homme romantique. Elle lui offre l'inspiration, un refuge quand il a besoin de solitude ou de réconfort, devenant ainsi sa complice. Elle lui permet également une perception plus profonde de la réalité. C'est dans cette nature que tout écrivain romantique puise, éloigné du monde, les sujets d'écriture qui sommeillent en lui. Vigny (écrivain français, 1797-1863), notamment, est un fervent admirateur de la nature et fait d'elle son thème de prédilection.

L'opinion sur la société

Peu à peu, les écrivains romantiques deviennent les porte-paroles des innovations technologiques et des grandes révolutions sociales de leur époque. Outre certains progrès, notamment l'évolution du statut social de l'ouvrier, l'émancipation féminine ou encore l'obtention du droit de vote pour tous, de nombreuses injustices demeurent dans la société.

Les auteurs romantiques, s'ils se replient sur eux-mêmes, ne demeurent pas moins profondément concernés par les problèmes de leur siècle. Ainsi, nombreux sont ceux qui prennent la défense des plus démunis en dénonçant toutes les injustices. Par exemple, Hugo s'est insurgé contre la peine de mort dans son *Plaidoyer contre la peine de mort* (1848). Notons d'ailleurs que de nombreux romantiques se sont engagés politiquement.

L'opposition au classicisme

Le romantisme se définit également par opposition aux caractéristiques du classicisme. Le classicisme désigne l'ensemble de la production artistique et littéraire du règne de Louis XIV (roi de France, 1638-1715), où dominent les valeurs d'ordre et d'équilibre. La création artistique était à cette époque rigoureusement codifiée par l'Académie française qui imposait aux artistes et écrivains des règles esthétiques et morales très strictes.

Le romantisme, inversement, se caractérise par la liberté des sujets – les écrivains peuvent dorénavant parler de tout – et par la liberté des formes – le vers n'est plus règlementé comme c'était le cas sous le règne de Louis XIV (on réhabilite des genres médiévaux comme la ballade, on rejette la tragédie classique et la règle des trois unités, etc.). En outre, les sentiments sont exprimés par le biais d'oppositions systématiques entre le laid et le beau, le sublime et le grotesque, mélangeant ainsi les tons.

Tandis que le classicisme donne la priorité au respect des conventions et des normes, la littérature romantique met l'accent sur les sentiments et les émotions. Notons que la liberté qui caractérise le mouvement romantique fait écho au libéralisme politique, alors en vogue à l'époque.

L'attrait pour le grandiose

L'intérêt est de plus en plus marqué pour les situations ou les personnages d'exception, qu'ils soient légendaires, historiques ou fictionnels. C'est l'époque du grand roman historique, par exemple, *Quatrevingt-treize* (1874) de Hugo.

Adolphe, une œuvre romantique

Les traits du romantisme se retrouvent largement dans *Adolphe*. De fait, l'exaltation du moi et le mal du siècle sont mis en avant à travers l'histoire d'un amour non partagé entre le jeune héros et son amante dévouée. Le jeune homme décide de s'enfermer dans cette relation qui lui cause du tort, devenant malheureux face à cette situation dont il n'arrive pas à s'extraire.

Cette position ne peut que rappeler l'espérance veine des auteurs romantiques qui se retrouvent aux abois après avoir cru vainement à une vie meilleure (Adolphe n'a-t-il pas lui-même cru que cet amour serait la réponse à l'isolement qu'il s'infligeait ?).

Dès lors, le lecteur assiste à tous les tourments qui affectent Adolphe oscillant entre rupture et don de soi à Ellénore, faisant de ce livre un drame psychologique.

De cet enfermement sentimental découle une aspiration pour un ailleurs qui sera plus clément envers le jeune homme. Celui-ci ressent en effet le besoin de s'éloigner de la Pologne, de ce château luxueux qui se présente comme une cage dorée. Cette volonté d'un ailleurs peut dès lors être assimilée à un souhait d'un retour à la nature, certes indirect, mais tout de même présent.

Par ailleurs, Adolphe, en tant que héros romantique, se montre en adéquation avec une société « moderne », qui s'écarte des héritages classiques. Au début de l'histoire, Adolphe critique la société dans laquelle il se trouve, préférant la solitude aux bavardages futiles de son entourage (« Je n'avais de haine contre personne, mais peu de gens m'inspiraient de l'intérêt [...] », p. 91). Il leur préfère la compagnie d'une vieille dame

« dont l'esprit, d'une tournure remarquable et bizarre, avait commencé à développer le [sien] » (p. 89).

On découvre donc l'opposition entre une société classique composée de personnes sans fondement qui se contentent de discuter de choses et d'autres sans intérêt (n'aurait-on pas ici une définition, certes réductrice, de ce que le classicisme nommait « l'honnête homme » ?) et un jeune héros qui cherche à sortir de sentiers battus pour découvrir de nouvelles choses. L'« honnête homme » peut être vu comme un idéal du classicisme.

Il s'agit d'un homme ayant des connaissances multiples sur le monde, mais qui est capable de les utiliser avec modestie afin de ne pas accaparer la parole et donc de ne pas mettre son entourage mal à l'aise en se montrant supérieur. Il se dévoile donc à travers son humilité.

ADOLPHE, UNE ÉCRITURE DE SOI

Inspirations autobiographiques

Si Benjamin Constant est aujourd'hui connu

pour son parcours littéraire à travers des œuvres diverses dans lesquelles il n'hésite pas à faire part d'un engagement politique, *Adolphe* semble être un roman extrêmement lié à la vie intime de l'auteur, comme le démontrent de nombreuses ressemblances entre le héros, Adolphe, et l'écrivain :

- la bataille qu'Adolphe livre à son concurrent, également amoureux d'Ellénore, peut être mise en parallèle avec celle que Constant a engagée contre un Anglais épris de son amante de l'époque, Madame Trevor ;
- Adophe fréquente une femme dont il n'est pas amoureux pour connaitre la gloire d'avoir une maitresse, tout comme l'a fait Constant en Allemagne ;
- loin de sa famille, Adolphe mène une vie de débauche et se fait rappeler à l'ordre par son père, tout comme l'auteur qui, à 18 ans, se trouve à Paris où il se disperse dans la boisson et les jeux, tant et si bien que son père vient le chercher pour le ramener en Suisse ;
- Adolphe se moque de la société considérée comme bienpensante à l'instar de Constant, qui n'avait de cesse de tourner en ridicule la

société qui se pressait au salon de Madame Suard (femme de lettres, 1750-1830) à Paris ;
- le protagoniste est amené à fréquenter une dame mature et Constant se plaisait à faire de même (il a fréquenté la Belle de Charrière qui avait presque 30 ans de plus que lui).

Toutes ces ressemblances laissent supposer que ce roman est une autobiographie non assumée de l'auteur. En effet, Philippe Lejeune (essayiste français, né en 1938) définit l'autobiographie comme « un récit rétrospectif en prose qu'une personne réelle fait de sa propre existence, lorsqu'elle met l'accent sur sa vie individuelle, en particulier sur l'histoire de sa personnalité » (LEJEUNE P., *Le pacte autobiographique*, « Points Essais », Seuil, 1996, p. 14).

À partir de cette définition, Philippe Lejeune explique que le roman autobiographique est avant tout une remise en question de la part de l'auteur de sa propre vie, un désir de s'exprimer sur des détails de son existence qui lui semblent incompris ou faisant l'objet d'une vision injustifiée. Cependant, Benjamin Constant, dans sa préface, laisse entendre que ce n'est pas le projet qu'il poursuit à travers ce roman.

Il confirme s'être appuyé sur certains épisodes de sa vie, mais refuse de voir son œuvre réduite à un simple « pastiche » de son existence. Il critique d'ailleurs ce rapprochement qui est fait entre son roman et sa propre vie en prenant l'exemple d'autres écrivains ayant subi, eux aussi, ce raccourci de pensées :

> « L'on a prétendu que M. de Chateaubriand s'était décrit dans *René* [1802] ; et la femme la plus spirituelle de notre siècle, en même temps qu'elle est la meilleure, Mme de Staël [femme de lettres française, 1766-1817] a été soupçonnée [...] de s'être peinte dans *Delphine* [1802] et dans *Corinne* [1807] [...] » (p. 70-71)

Ce qui distingue le roman *Adolphe* de l'autobiographie, c'est donc l'intention de l'auteur. Benjamin Constant ne cherche pas, dans cette fiction, à se justifier sur sa vie, mais bien à présenter une réalité qui puisse toucher personnellement chacun de ses lecteurs. Et quelle meilleure façon de le faire que de recourir au récit authentique ?

Il dit d'ailleurs plus loin :

> « [...] Presque tous ceux de mes lecteurs que j'ai rencontrés m'ont parlé d'eux-mêmes comme

ayant été dans la position de mon héros. Il est vrai qu'à travers les regrets qu'ils montraient de toutes les douleurs qu'ils avaient causées perçait je ne sais quelle satisfaction de fatuité ; ils aimaient à se peindre, comme ayant, de même qu'Adolphe, été poursuivis par les opiniâtres affections qu'ils avaient inspirées, et victime de l'amour immense qu'on avait conçu pour eux. » (p. 79-80)

Dans ce roman, c'est donc bien le caractère humain d'Adolphe qui est mis en avant, bien plus que sa similitude avec Benjamin Constant. De fait, si le jeune héros ressemble à son auteur, il est surtout un modèle romantique auquel de nombreux lecteurs peuvent s'identifier.

Le roman psychologique

Présentant une intrigue amoureuse douloureuse et tragique, *Adolphe* peut être classé dans la veine du roman psychologique. La fiction représentative de ce genre est celle de Madame de La Fayette (romancière française, 1634-1698), *La Princesse de Clèves* (1678), dévoilant les tourments d'une jeune femme mariée au Prince de Clèves qui rencontre le duc de Nemours dont elle tombe follement amoureuse. Toutefois, étant une femme fidèle, la princesse décide de lutter contre ses sentiments et c'est toute cette lutte qui fait alors l'objet du roman. Le lecteur se retrouve le témoin indiscret de ce combat mené par la jeune femme contre ses propres sentiments.

Adolphe donne à voir au lecteur une histoire similaire. Les intrigues de ces deux romans ne se caractérisent pas par une action pleine de rebondissements, mais plutôt par la richesse de la description des sentiments de leurs héros. En effet, l'œuvre de Benjamin Constant pourrait se résumer en une phrase : Adolphe, un jeune homme de 24 ans, est emprisonné dans une relation avec une femme plus âgée, Ellénore, relation dont il n'arrive pas à se détacher et qui se soldera par la mort de son amante.

Toutefois, la description de ses tourments et de l'évolution de ses sentiments est importante. L'on peut prendre comme exemple le moment où il décrit la nature de son affection pour Ellénore :

> « D'ailleurs, l'idée confuse que, par la seule nature des choses, cette liaison ne pouvait durer, idée triste sous bien des rapports, servait néanmoins à me calmer dans mes excès de fa-

tigue ou d'impatience. Les liens d'Ellénore avec le comte de P., la disproportion de nos âges, la différence de nos situations, mon départ que déjà diverses circonstances avaient retardé, mais dont l'époque était prochaine, toutes ces considérations m'engageaient à donner et à recevoir encore plus de bonheur qu'il était possible [...] » (p. 131)

Cet extrait donne à voir la complexité des sentiments d'Adolphe : il ne s'agit pas d'amour ou d'une simple amitié. C'est le côté éphémère de la relation qu'il aime. Cette conception de la relation évolue chez cet homme qui, malgré son manque de sentiments, ne peut se résoudre à quitter une femme pour laquelle il a un attachement qu'il ne saisit pas dans toute sa complexité et qu'il essaye de démêler comme il peut par des descriptions.

LA FEMME ADULTÈRE OU L'ANTICIPATION DU RÉALISME

Le roman de Benjamin Constant apparait à une époque charnière dans l'histoire littéraire : s'il appartient au romantisme, il anticipe, par son contenu, le courant réaliste.

Le réalisme apparait à la deuxième moitié du XIXe siècle, en réaction au courant romantique qui est alors considéré comme trop éloigné de la réalité par ses effusions sentimentales. De plus, certains modèles romantiques (comme Victor Hugo) deviennent trop difficiles à égaler, il est donc impératif de s'identifier à un autre courant.

Le réalisme, comme son nom l'indique, cherche à décrire la réalité. Cette vision réaliste passe par la présentation de sujets appartenant au quotidien, loin du sublime romantique : les enterrements, les scènes domestiques, ainsi que des évènements moins légitimes, mais tout de même présents, comme l'adultère. De fait, nombreux sont les auteurs ayant écrit à propos de l'adultère : parmi eux l'on retrouve des grands noms, tels que Flaubert (romancier français, 1821-1880), dont on ne peut oublier *Madame Bovary* (1857) et Tolstoï (écrivain russe, 1828-1910) avec *Anna Karénine* (1877).

MADAME BOVARY ET ANNA KARÉNINE

Dans *Madame Bovary*, Flaubert raconte l'histoire d'une jeune femme, Emma Bovary, qui, ennuyée d'une vie matrimoniale avec un mari souvent absent et peu démonstratif, décide de partir à la conquête du grand amour en ayant des relations extraconjugales. Si elle éprouve d'abord du plaisir à travers celles-ci, ce bonheur est vite entaché par l'abandon de ses amants, ainsi que des trahisons de son banquier qui amène la jeune femme à se suicider.

Dans *Anna Karénine*, Tolstoï, quant à lui, dépeint l'histoire d'une femme noble, distinguée, mère et épouse exemplaire, donnant son nom au roman, qui tombe sous le charme d'un jeune homme, Alexis Vronski (promis à sa nièce, Kitty). Dès ce moment, elle abandonne le calme et l'équilibre de sa vie conjugale, certes ennuyeuse, mais source d'équilibre, pour se lancer dans une relation passionnée avec Alexis, relation qui la condamne à un mépris de la société (elle qui était autrefois admirée, se retrouve reléguée au rang de femme de petite vertu). Sombrant dans la folie et dans une jalousie excessive, elle se suicide en se jetant en dessous d'un train.

Ce léger aperçu de ces deux œuvres réalistes permet de rendre compte de ressemblances avec *Adolphe*. En effet, le roman de Benjamin Constant fait lui aussi état d'un adultère (Ellénore quitte le comte de P. pour vivre pleinement sa relation avec Adolphe). De plus, les jeunes femmes subissent un sort similaire à la fin de l'histoire : la mort. Si Emma Bovary décide de tromper son mari pour combler l'ennui que sa relation lui inspire, Anna Karénine est au départ tout aussi vertueuse qu'Ellénore. Ces trois romans se rapprochent donc par le sujet dont ils traitent.

Cependant, ce qui distingue le roman de Constant de ceux de Tolstoï et de Flaubert, c'est la manière dont est exploité le thème de l'adultère. En effet, dans *Adolphe*, l'adultère est surtout un prétexte pour analyser les tréfonds de l'âme du héros en proie à un malêtre, caractéristique typiquement romantique. Tolstoï et Flaubert, quant à eux, ne font pas de la tromperie un prétexte, elle devient le sujet principal de leur œuvre. Aucun remords n'apparait dans la démarche d'Emma Bovary, tout comme Anna Karénine n'hésite pas à se défaire de sa réputation et de tous les acquis sociaux que lui amenait son mariage. L'on retrouve donc un certain recul dans ces œuvres réalistes qui n'est pas encore présent chez Benjamin Constant.

Avec *Adolphe*, Benjamin Constant met en scène l'emblème du héros romantique : d'une grande sensibilité, celui-ci s'ouvre à l'amour et porte un œil curieux et critique sur le monde qui l'entoure. *Adolphe* se présente également comme une œuvre héritière du roman psychologique : le lecteur est témoin des afflictions qui animent le jeune homme. Ces tourments amoureux peuvent être considérés comme une anticipation du courant réaliste qui dévoile les faiblesses de l'être humain dans toutes leurs authenticités. En outre, si beaucoup sont tentés de voir en Adolphe une version fictionnelle de Benjamin Constant, ils se heurtent néanmoins aux protestations de son auteur : en amour, nous nous rejoignons souvent vers un idéal...

PISTES DE RÉFLEXION

QUELQUES QUESTIONS POUR APPROFONDIR SA RÉFLEXION...

- Finalement, pensez-vous qu'Adolphe a réellement été amoureux d'Ellénore ? Justifiez.
- Comparez les visions de l'amour qu'ont Adolphe et Ellénore. En quoi diffèrent-elles ?
- Dans quelle mesure le personnage du baron de T. est-il important pour le récit ?
- Pourquoi, à votre avis, certains personnages ne sont-ils désignés que par des initiales ?
- Les réactions des gens de la société ont-elles un impact sur les choix que prennent les protagonistes ? Expliquez.
- Selon vous, le fait que certains éléments soient directement issus de la vie de l'auteur permet-il de considérer ce roman comme une autobiographie ?
- En quoi les descriptions psychologiques accentuent-elles la vision romantique dans ce roman ?
- Comparez Adolphe à d'autres héros roman-

tiques comme, par exemple, Werther (dans *Les Souffrances du jeune Werther* [1174] de Goethe). Ont-ils des points communs ?

- Qu'est qui différencie Adolphe d'Anna Karénine et d'Emma Bovary dans sa vision de l'amour ?
- Ce roman peut-il être qualifié de « romantique » ? Justifiez votre réponse en comparant *Adolphe* avec des romans issus de ce courant.

Votre avis nous intéresse !
Laissez un commentaire sur le site de votre librairie en ligne
et partagez vos coups de cœur sur les réseaux sociaux !

POUR ALLER PLUS LOIN

ÉDITION DE RÉFÉRENCE

- CONSTANT B., *Adolphe*, Paris, Le Livre de Poche, coll. « Les Classiques de Poche », 2012.

ÉTUDES DE RÉFÉRENCE

- « Constant » in *Les Grands écrivains – Les 100 plus grands écrivains choisis par l'Académie Goncourt*, textes de Gilbert Maurin, Paris, France Loisirs, 1991.

- « Le Classicisme », in *site-magister.com*, consulté le 29 novembre 2010. http://www.site-magister.com/classicis.htm

- LEJEUNE P., *Le pacte autobiographique*, « Points Essais », Seuil, 1996.

- « Le Romantisme », in *site-magister.com*, consulté le 29 novembre 2010. http://www.site-magister.com/romantis.htm

Retrouvez notre offre complète sur lePetitLittéraire.fr

- des fiches de lectures
- des commentaires littéraires
- des questionnaires de lecture
- des résumés

ANOUILH
- Antigone

AUSTEN
- Orgueil et Préjugés

BALZAC
- Eugénie Grandet
- Le Père Goriot
- Illusions perdues

BARJAVEL
- La Nuit des temps

BEAUMARCHAIS
- Le Mariage de Figaro

BECKETT
- En attendant Godot

BRETON
- Nadja

CAMUS
- La Peste
- Les Justes
- L'Étranger

CARRÈRE
- Limonov

CÉLINE
- Voyage au bout de la nuit

CERVANTÈS
- Don Quichotte de la Manche

CHATEAUBRIAND
- Mémoires d'outre-tombe

CHODERLOS DE LACLOS
- Les Liaisons dangereuses

CHRÉTIEN DE TROYES
- Yvain ou le Chevalier au lion

CHRISTIE
- D x Petits Nègres

CLAUDEL
- La Petite Fille de Monsieur Linh
- Le Rapport de Brodeck

COELHO
- L'Alchimiste

CONAN DOYLE
- Le Chien des Baskerville

DAI SIJIE
- Balzac et la Petite Tailleuse chinoise

DE GAULLE
- Mémoires de guerre III. Le Salut. 1944-1946

DE VIGAN
- No et moi

DICKER
- La Vérité sur l'affaire Harry Quebert

DIDEROT
- Supplément au Voyage de Bougainville

DUMAS
- Les Trois
  Mousquetaires

ÉNARD
- Parlez-leur
  de batailles,
  de rois et
  d'éléphants

FERRARI
- Le Sermon sur la
  chute de Rome

FLAUBERT
- Madame Bovary

FRANK
- Journal
  d'Anne Frank

FRED VARGAS
- Pars vite et
  reviens tard

GARY
- La Vie devant soi

GAUDÉ
- La Mort du
  roi Tsongor
- Le Soleil des
  Scorta

GAUTIER
- La Morte
  amoureuse
- Le Capitaine
  Fracasse

GAVALDA
- 35 kilos d'espoir

GIDE
- Les
  Faux-Monnayeurs

GIONO
- Le Grand
  Troupeau
- Le Hussard
  sur le toit

GIRAUDOUX
- La guerre de
  Troie
  n'aura pas lieu

GOLDING
- Sa Majesté des
  Mouches

GRIMBERT
- Un secret

HEMINGWAY
- Le Vieil Homme
  et la Mer

HESSEL
- Indignez-vous !

HOMÈRE
- L'Odyssée

HUGO
- Le Dernier Jour
  d'un condamné
- Les Misérables
- Notre-Dame
  de Paris

HUXLEY
- Le Meilleur
  des mondes

IONESCO
- Rhinocéros
- La Cantatrice
  chauve

JARY
- Ubu roi

JENNI
- L'Art français
  de la guerre

JOFFO
- Un sac de billes

KAFKA
- La Métamorphose

KEROUAC
- Sur la route

KESSEL
- Le Lion

LARSSON
- Millenium I. Les
  hommes qui
  n'aimaient pas
  les femmes

LE CLÉZIO
- Mondo

LEVI
- Si c'est un
  homme

LEVY
- Et si c'était vrai…

MAALOUF
- Léon l'Africain

MALRAUX
- La Condition humaine

MARIVAUX
- La Double Inconstance
- Le Jeu de l'amour et du hasard

MARTINEZ
- Du domaine des murmures

MAUPASSANT
- Boule de suif
- Le Horla
- Une vie

MAURIAC
- Le Nœud de vipères

MAURIAC
- Le Sagouin

MÉRIMÉE
- Tamango
- Colomba

MERLE
- La mort est mon métier

MOLIÈRE
- Le Misanthrope
- L'Avare
- Le Bourgeois gentilhomme

MONTAIGNE
- Essais

MORPURGO
- Le Roi Arthur

MUSSET
- Lorenzaccio

MUSSO
- Que serais-je sans toi ?

NOTHOMB
- Stupeur et Tremblements

ORWELL
- La Ferme des animaux
- 1984

PAGNOL
- La Gloire de mon père

PANCOL
- Les Yeux jaunes des crocodiles

PASCAL
- Pensées

PENNAC
- Au bonheur des ogres

POE
- La Chute de la maison Usher

PROUST
- Du côté de chez Swann

QUENEAU
- Zazie dans le métro

QUIGNARD
- Tous les matins du monde

RABELAIS
- Gargantua

RACINE
- Andromaque
- Britannicus
- Phèdre

ROUSSEAU
- Confessions

ROSTAND
- Cyrano de Bergerac

ROWLING
- Harry Potter à l'école des sorciers

SAINT-EXUPÉRY
- Le Petit Prince
- Vol de nuit

SARTRE
- Huis clos
- La Nausée
- Les Mouches

SCHLINK
- Le Liseur

SCHMITT
- La Part de l'autre
- Oscar et la
  Dame rose

SEPULVEDA
- Le Vieux qui
  lisait des romans
  d'amour

SHAKESPEARE
- Roméo et Juliette

SIMENON
- Le Chien jaune

STEEMAN
- L'Assassin
  habite au 21

STEINBECK
- Des souris et
  des hommes

STENDHAL
- Le Rouge et
  le Noir

STEVENSON
- L'Île au trésor

SÜSKIND
- Le Parfum

TOLSTOÏ
- Anna Karénine

TOURNIER
- Vendredi ou
  la Vie sauvage

TOUSSAINT
- Fuir

UHLMAN
- L'Ami retrouvé

VERNE
- Le Tour
  du monde
  en 80 jours
- Vingt mille
  lieues sous
  les mers
- Voyage au
  centre de
  la terre

VIAN
- L'Écume des jours

VOLTAIRE
- Candide

WELLS
- La Guerre des
  mondes

YOURCENAR
- Mémoires
  d'Hadrien

ZOLA
- Au bonheur
  des dames
- L'Assommoir
- Germinal

ZWEIG
- Le Joueur
  d'échecs

www.lepetitlitteraire.fr

ISBN version numérique : 978-2-8080-0807-5
ISBN version papier : 978-2-8080-0808-2
Dépôt légal : D/2018/12603/41

Avec la collaboration d'Alice Somssich pour l'étude des personnages du père d'Adolphe et du comte de P., ainsi que pour les chapitres « *Adolphe*, une œuvre romantique », « Le roman psychologique » et « La femme adultère ou l'anticipation du réalisme ».

Conception numérique : Primento,
le partenaire numérique des éditeurs.

Ce titre a été réalisé avec le soutien de la Fédération Wallonie-Bruxelles, Service général des Lettres et du Livre.